献给自己和所深爱的一切。

故乡与远方

张志刚 著

北方文艺出版社
·哈尔滨·

图书在版编目（CIP）数据

故乡与远方 / 张志刚著． -- 哈尔滨：北方文艺出版社，2023.6
ISBN 978-7-5317-5905-8

Ⅰ．①故… Ⅱ．①张… Ⅲ．①散文集－中国－当代②诗集－中国－当代 Ⅳ．① I217.2

中国国家版本馆CIP数据核字（2023）第 071948 号

故乡与远方
GUXIANG YU YUANFANG

作　者 / 张志刚

责任编辑 / 富翔强　　　　　　　装帧设计 / 卓伟宁

出版发行 / 北方文艺出版社　　　邮　编 / 150008
发行电话 / （0451）86825533　　经　销 / 新华书店
地　址 / 哈尔滨市南岗区宣庆小区1号楼　网　址 / www.bfwy.com

印　刷 / 朗翔印刷（天津）有限公司　开　本 / 880×1230　1/32
字　数 / 60千　　　　　　　　　　印　张 / 5.75
版　次 / 2023年6月第1版　　　　　印　次 / 2023年6月第1次印刷
书　号 / ISBN 978-7-5317-5905-8　　定　价 / 39.80元

序

四川大学法学院 杨遂全

一

当我们仰望遥远的星空,思念自己的故乡的时候,如果还能有情真意切的情感流露,应该是幸福的!

思乡情,是陈酿的酒,如果一直保持没有经过历练和雕饰的情感,仍能像夜空中的星星,像秋天的果实。在城里生活久了,在掺和了名利、浮躁情绪的社会心理中,这种纯洁的情真意切的感情,已经很难寻到了!

志刚的这本小书,让我又一次看到了一颗凡星,它在我的家乡升起。在我的心中,激起了同样的思乡情。所以,他让我给他的这本书写个序,我欣然答应了。可是,读完志刚这本小书,我却迟迟不知如何开头。

二

志刚是我带的第二届法律硕士。在这本小书中，志刚在几处怀念父亲的情感抒怀，使我回想起录取志刚时的小插曲。与志刚相识，是我老家的一个年龄比我小的堂叔杨建军介绍的。我印象中，志刚2002年考的是中国人民大学的法律硕士，分数比较高，但是没有被人民大学录取。四川大学是第二年开始招法律硕士，录取线相对比较低，并且可以调剂。我介绍符合川大招生条件的志刚和洛阳中级人民法院的李依芳从人民大学调剂到川大。当年，我可以带5个法律硕士。我见过志刚的父亲，知道当年他父亲确实为他考研借了钱。我当时知道志刚家庭的情况后，曾想如果学校没有助学金，我也要像资助其他学生一样，资助志刚读完硕士。志刚不负所望，利用他师范毕业的写作功底，顺利毕业。从志刚这本小书里仍能看到当年信心满满，对社会真挚的感情，尽管志刚做律师已经15年，见过了社会的另一面。

三

志刚的文学功底事实上比我有底蕴。从这本小书看，至少文笔比我流畅，抒发感情比我的文字贴切。据志刚说，他以后可能会坚持写下去。

我一直给学生灌输这样的观念：人类的思想进步是靠一代一

代人不断积累的；就一个人而言，能够留在这个世上的，只有自己的基因和传下去的思想是自己的；在活着的时候，金钱够花即可；任何人死后，财产都只能是他人的。所以，我主张把自己的想法写出来。

在没有互联网的年代，文字只有被印刷才能留下来。现在可以通过互联网留下每一个人的思想，并且传播出去。这是人类文明进步的新阶梯！所以，我希望志刚能够将自己的真情实感不断地写出来。为家乡，为亲人，为师友，也为自己！

四

志刚的这本小书有很多描述家乡的文字。看了这些文字，心底涌起为他这本小书认真写序的情感冲动，这不仅因为我和志刚同是河南省西平县专探乡人，我们曾经生活的村子离得很近，也是因为从书中可以看出我和他的经历有许多相似之处。书中的描写能勾起我的朴素情感。

记得有一年，我和一位和我一同到过二十几个国家做过访学的同事乘火车出差，他有点儿自豪地一路谈他如何走遍了世界。坐在我们旁边的一个打工人问了那位同事一个非常有哲理的问题，"走遍世界，那不可能！你去过我们村吗？"当时，我们都有点儿难为情，认为那个年轻人故意给我们难堪。就在我们不屑一顾的时候,他的一句话让我们无地自容。他缓缓地说:"我打工也走了将近十来个国家,但是,我还是觉得我们村最美!"想到这句,能从心底里勾起我们对故乡的思念,我在这里可能会回答志刚,我去过你们村!我也经历过你所经历的这些!并且,更复杂,更曲折,更令人动容!

  看到志刚的这本书,我对故乡和远方的思念,似乎近了一些。不过,我感觉,尽管我们把这些记录人类历史的文字辛辛苦苦地写出来,甚至自己的儿子都不一定会认真看。但是,我们要知道,没有卢梭的《忏悔录》对心路历程的零碎记录,人们很难真正地理解他的《社会契约论》。即使我们不存任何名利妄念,我们也可以为自己老年的回忆留一些原始材料。让我们的后代知道我们的过去和现在,无论是家乡的村子,还是亲人和留下的物品。我们到来的时候,世界当时就是这样!

五

  当老师的,总有一个好为人师的毛病,可能对家乡也没有什么大的贡献,但心归故里必然伴随终生。像志刚这本小书里写的那样,以后我们回归黄土地的时候,说不定儿女们会把我们送回故乡。也说不定儿女会让我们永远漂流他乡,让我们留在他们的故乡,而完全淡忘了我们的故乡。

即使那样，也不要后悔。我在 1990 年到巴黎第一大学法学院进修时，看到当时已经有那么多中国人离开了故乡，无论走多远，心都离不开故乡！中国的祖先崇拜文化信仰，是符合人类基因遗传规律的。如今，不是又有很多人回到了故国故乡吗！

故乡养育了我们，就像父母亲养育了我们。即使未来走得更远，故乡在心里的印迹就像计算机里的硬件，什么时候也改变不了。志刚的这本小书启示了我，我的余生可能要从回忆录里找到人生哲理。现在尽管退休了，还必须完成我们国家的重大项目，还想把我的知识贡献给国，然后再贡献给家乡和家！

2022 年 7 月 17 日星期日于成都江安花园

目录

散文

爸爸的酒	003
白杨树	005
北京之秋	007
读帖有感	009
古都之秋	010
过年	011
荒野之美	014
《黄金兄弟》观后感	016
靠山记	018
老屋记	020
姥爷	022
罗汉记	025
落叶与游子	027
弥勒湖泉酒店	028
梦如画	029
生活如歌	031
木蝉	032
七周年祭	034
三叔	038
十渡桃花记	042

天宁寺游记	043
邰正宵与《来生缘》	045
铁路	047
头发	048
五月的梧桐	050
西山游记	051
梧桐花	053
榆钱	054
月下	057

诗歌

爱的距离	061
爱晚亭	063
表叔,我从你的窗前经过	065
出差	067
春柳	070
丰乐园酒店	072
高铁从我的村庄路过	075
故乡	077
杭州东站	078
红谷滩的蝉鸣	079
家乡桃花开	081
桥南的玉米地	083
猫眼石	085

毛巾	086
南阳东站	088
怅惘	090
狮虎山游记	091
弥勒夜雨	094
Z111	096
拔牙（其一）	098
拔牙（其二）	100
荒野与街道	103
除夕烟火	105
告别	107
弥勒之夜	108
龙门望春	110
送站	112
一盒纸巾	114
美丽的错误	116
珠江游船	117
青春	119
妙湛寺塔	121
轮回	124
回到开始的地方	125
夜宿岳麓山	127
苋菜	130
和儿子一起吃饭	132

看儿子的画有感	135
儿子去上学了	137
无题	139
村庄	140
律师	141
龙门石窟的佛	142
门头沟永定河畔的柳	143
根	144
天宁寺游记	146
唯愿	148
我是风	150
武冈	153
为表叔而作	155
一个河南人骑行在郑州的大道上	157
一个人的泪	159
一块钱	161
一路向北	163
游戏	165

散文

爸爸的酒

有次喝酒,喝多了感觉到了辣,不由得"哈"了一声,忽然觉得那声音和爸爸喝酒后的声音一样。

现在想不起来爸爸都喝过什么酒,可能是"柏亭春",可能还有家乡的一些酒,我都不记得了,大概是因为我陪爸爸喝酒的次数少吧。

我刚上班的时候,觉得爸爸好像已经是个老头了。在农村,我自以为读过书,是个有干部身份的教师,和爸爸喝酒,似乎没有共同语言。所以,我成年上班以后,和爸爸喝酒的机会很少。

对爸爸喝酒的印象,都是在我小时候留下的。尤其是我在村里上小学的时候,好几次放学后背着书包回到家,在没有院墙的院子里,看到爸爸坐在那张椅子上,靠在椅背上睡着了,那是他喝完酒以后回到家的样子。

爸爸做过采购员,采购员总有机会和渠道买到各种不好买的商品，所以，算是个人物。爸爸很豪爽，语言表达能力强，所以周围只要有红白喜事等各种大小事情，老是有人找他陪酒。

唯一一次和爸爸一起喝酒的记忆是我刚师范毕业，被分到了家附近的一所学校，校长带着学校其他领导来家里。妈妈炒了菜，我和爸爸陪校长他们一起喝酒，因为上大学的时候只喝过啤酒，那天是我第一次喝白酒，所以基本上是爸爸陪着他们喝。

那次喝的是当时最好的酒，是姨父他们公司的一个客户欠了很多仓储费，把存在他们仓库的酒抵了费用。那些酒存了五六年，甚至更久，一打开瓶盖，就能闻到酒香。那大概是爸爸喝过的最好的酒了。

现在我已经过了四十五岁，在北京也生活十五年了，慢慢地品尝了各种酒，渐渐懂得了酒逢知己千杯少。每次喝了酒，在回家的路上就会想起往事：在那个千里之外的家乡，妈妈带着我和两个妹妹在家里，爸爸喝完酒回到家，坐在那张椅子上酣然睡去。偶尔听别人说起他们的父亲的时候，只要多说几句，我的眼泪就下来了。

现在我有了买好酒的能力，但是和谁喝呢？真的好想陪爸爸实实在在地喝次酒。

白杨树

早上跑步，从二号楼后跑上那条直路，忽然就看见了隔壁院子的那棵白杨树。其实那棵白杨树早就在那里了，并不是突然出现的，它怎么就突然直击我的心灵了呢。风在吹着它，树叶哗哗地响着，深蓝与灰白的叶片在风中来回翻滚，刺激着我，突然想起初中的时候，从老家去学校的那条十里长路两旁高大的白杨，想起在姥爷家，跟着表哥们早上去村子东头那片白杨树林，去捕蝉的情景。这风吹着白杨树，也吹起了我深藏内心的记忆。我猛然回到过去，然而这些年经历的东西无法改变，在过去与未来之间来回摇摆，对我的心产生了强烈的刺激。所以这棵白杨树就突然出现了。

白杨树是极普通的一种树，可能是易于栽种，生长快，所以遍地都是。在老家，我家有块土地靠着沟，爸妈也在沟里种了十几棵白杨树，几年就长大了。

我绕着小区的两栋高楼跑，那在风中沙沙作响、不停翻飞的树叶，每一片都不一样。想起师范毕业后做小学老师时，买的那本《风吹响一树叶子》，好像写的就是白杨树，因为白杨树高，当风吹过，发出的声音爽朗而高亢。这响声让我沉思：是风掠过时吹拂起了树的衣裳，还是风和树在低语。风一刻也不歇，去向不可捉摸。它吹到了辽阔的大草原，又到了寒冷无比的西伯利亚。树干，最大的树干，根深深扎入地下，枝干、树叶在不停地晃动，像没有长大的孩子离不开父母，无论风再大——树叶翻滚如海上波浪，然而风停了的时候，那些枝叶还在树上，完完整整，丝毫无损。

这棵白杨树是孤独的，隔壁院子里似乎没有别的树了，只有一些绿化环境的花花草草，不如白杨这么壮实。白杨可以用来做家具，小时候我常常看到舅舅用杨木做写字桌、凳子等家具。这个院子是一个单位的院子，晚上有十分之一的灯会亮着，其他都是漆黑一团。这是个人气不旺的院子，虽然处于北京二环与三环之间，对于这棵杨树来讲，它是人的朋友，它喜欢与人为伍，这个院子里的人辜负了它。

在我的心里，一直想把这棵白杨树画成画，又担心自己水平差，不能传神，但又一想，即使画笔如神，即使有现代的照相工具，谁又能画出我对这棵白杨的复杂情感呢？

我且不做，让它在我心中随思绪飘荡吧。

北京之秋

一阵风，一阵雨，气温就降了，秋天就来了。

送儿子上学，目送他的身影消失在门口，从学校后面的小区穿行到大马路上。一男一女两位中年人在打扫卫生，竹扫帚下，落叶被驱向一个方向。叶子有绿有黄，树上的叶子一样有绿有黄。两排房子中间的小花园，里面的花开着，似乎每个季节都有花开着，是我记忆出了问题，还是确实一年四季都有花开？杨树很高，比两边的六层楼房还要高出几米，树叶哗啦啦在风中摇摆。

这些树叶会落完吗？似乎会，也可能不会，过去的季节里它们究竟如何，我都忘记了。只记得在冰雪连天的季节，我搓着手，跺着脚，眼睛盯住前方，往前走，只想早日到达自己温暖的目的地。而现在我想给自己留一个观察的课题，就像儿子学校的老师给学生留的观察作业一样，但又怕到时我忘记了。

风吹来了秋天，西山枫叶该红了，人是不是比红叶还多呢？

在京城的大街小巷里,是不是也有很多行色匆匆的人,他们也有我这样的胡思乱想吗?难道不正是这胡思乱想,给我们的生活增添了几许生机和暖色吗?

读帖有感

早上到单位,看到有人用地书笔写地书。但心想既然是写字,最好还是跟着字帖写,哪怕只是把字帖上的内容抄写一遍,也算"临帖"了。

这是一本颜真卿的《多宝塔碑帖》,我从封面开始临帖,写出来的字偶尔颜体,偶尔自由体。

"南阳岑勋撰,朝议郎、判尚书、武部员外郎、琅邪颜真卿书。朝散大夫、检校尚书、都官郎中、东海徐浩题额。"看到这里,明白古人自我介绍是先写官职后写籍贯,然后写名字,没有官职的名士是用地名加上人名进行自我介绍。

想起三国时期的赵云每次打仗时的叫阵:"吾乃常山赵子龙。"与颜真卿一文一武,相映成趣。

古都之秋

早上送孩子上学,从学校旁边的小区穿行,秋天的黄色的落叶铺满街道。忽然涌上秋天的思绪。这个小区是一个旧小区,墙面颜色斑驳,院子里有几棵大树,大树不是古树,古树很多时候只能在穷乡僻壤存活。这是两棵大杨树,高出周围的小楼好几米。风来了,树叶沙沙响着,摇晃着。北京的秋天,一阵风,一阵雨就来了,前几天去上海出差,上海二十摄氏度,北京十摄氏度。今年的秋天不干燥,似乎变成了江南,雨水多,空气潮湿。

小区花园中的花似乎不停地开着,我只看到眼前而模糊了过去,把眼前当成了所有过往,这些花种类繁多,在不同时期开着不同的花,抑或是这些花是现代花匠用科学方法培养出来的,就这样一年四季都可以开放。我不去想那么多,且享受眼前的色彩和芬芳吧。

过年

2022年春节，朋友的孩子没有回家过年，于是我们几个朋友在除夕当天的中午到这个朋友家里小聚。参加聚会的另外一对夫妻，他们的孩子去部队服役了，也没回家过年。

从朋友家出来，到家时大概下午六点，按惯例，吃完饭就等着看春晚。

好多年没有在老家过春节了，忽然很想那种感觉。在老家那会儿，除夕的上午有时候还能去县城赶个集。下午就开始准备年夜饭，包完了饺子，妈妈在家留守，爸爸或者叔叔带着我们几个孩子去上坟。坟地离家很近，就在目之所及的菜地那边。给离世的人烧纸是按照辈分依次进行的，从我的太爷太奶开始，然后是爷爷奶奶、二爷。快结束时，把鞭炮挂到旁边的一棵柏树上点燃。鞭炮响完，我们把那些还没有烧尽的纸拨一下，确保没有火灾隐患后，才慢慢从地里走回家。看着爸爸一日一日地苍老,看到同辈人年轻的面孔,这种新老对比,霎时,心中百感交集。

到家,饺子煮熟后,一碗敬天地,一碗敬祖上。稍后,端回来倒回锅里,再盛出几碗,全家在堂屋的小方桌上开始吃饭。晚饭后,全家开始看春晚。

初一一早,做好饭就开始放鞭炮,放过鞭炮后开始吃饭。早上天还没有亮,鞭炮声就此起彼伏,以前有抢第一声炮声的习俗,是开门红的寓意,后来这种意识就渐渐淡了。

初中之前,我和许多小伙伴一起去各家"捡漏",在一片红色的碎纸屑里捡那些没有爆炸的小鞭炮。后来鞭炮越来越大,还竞相比赛谁放得多,也就没有人捡了。每年正月十五,村里的有钱人花数万元买烟花,在自家门前空地上招呼大家看放烟花,这多年来一直是小村的一景。

2002年读研究生离开家,现在每年在家的时间都不会超过两周。

是经济发展让城市"夺走"了农村的年轻人,还是因为我们都长大了?小时候的年味,可能是当年我们的长辈借着过年,让小孩子们乐和乐和,为新衣服和好吃的找个借口。我们长大后才发现,尘世间那些无奈的风雨。

这些年在城市漂泊,很多年都未能在春节回到我小时候成长的家乡了。什么时候才能回到家,在我父亲和其他长辈的坟前,向他们倾诉一下我这些年的经历呢?

荒野之美

院里只有两栋楼，除了标牌不一样，换个位置，把牌子也换一下，谁也分不出来被换过。

楼后有一个小停车场，里面长满了野草。没有固定车位的车一般都停到里面，也有停在路边的，因为这个停车场确实不好开进去。小停车场有道门，把两栋楼和小停车场分开。每次停车，我都要倒一下，才能停进去。我每次都把它作为我再次考驾照的场地，只不过失败的后果是多停几次，或者在车上增添几道类似"到此一游"的划痕。

这个小停车场是我极喜欢的，它带给我一种无规则和荒芜的感觉。

靠近四周的围墙，长着高低不一的野草，还有几棵不规则的树。第一次来，我就想起上初中时，每个暑假结束后校园里疯长的野草。地点不同，情景相似，忽然有种回到初中时代的感觉。

开车回来停好车，有时候会在车上坐一会儿，看看这些野草，但每次都仿佛是第一次相见。看时一切都很清晰，然而下次再看，想和脑子中的记忆对比时，过去的印象又模糊了，所以每次都是初见。

这些野草的父母是谁，来自哪里？是雨水充沛的海南，还是风沙弥漫的草原。它们只是沉默，在风雨中左右摇摆，有时候发出沙沙的声音，但我不懂，有时候似乎又懂：我们何尝不是在地球上飘荡的生物，只不过很多时候，自认比其他生物高贵而已。思考让人痛苦，然而又让人快乐，一些看似虚无缥缈的东西，虽然把握不住，却是我们对自己、对人生和世界的探索。

围墙外面是城铁高架，从早上五点多，有时候天还没亮，就有列车呼啸着来去。里面有没有我熟悉的人，他们从我面前而过，心里是否有我？无和有，很多时候只是一种感觉，就如我现在敲在电脑上的文字，打印出来即存在了，如果没有打印，如果被我删除了，它就不存在了，就是一片虚无，我不明白它到底存在还是不存在。

这一个荒芜的小院子，车来车去，野草丛生，在周围高楼林立的城市中心，让我感到了一种荒野的美。

《黄金兄弟》观后感

2018年9月22日夜，于新华国际影城大钟寺店看了《黄金兄弟》，因为看到主演是郑伊健、陈小春等，想起古惑仔系列中的南哥、山鸡，所以才去看的。

因为放假，很多人都出去游玩了，影院的上座率只有一半。一眼望去大都是情侣，大概这样的时间，最需要一些精神上的东西来填补。

估计大部分人都和我一样，是冲着这几个人去的，这几个人代表的是一代人的青春记忆。

陈小春和其他几个演员仿佛看不出太大的变化，而在郑伊健的脸上，似乎有了些岁月的痕迹，是否是"美人"迟暮，感觉有些许感伤，或许美好的东西总是不容易守候，能数十年一直保持青春的人不多。

电影中的他们已是中年人了，古惑仔时的青春早已不再；

座位上观影的我,也已人到中年,中年人的责任和沉重,能不能像电影里一样,轻松地说一声,就远走天涯?娇妻、幼子、老父母,虽说游必告,但还是谨记,父母在不远游这句话,怕子欲养而亲不待。

现在是秋天,是登高的季节,也是失去的季节,稻谷熟了,树叶黄了,从枝上飞舞而下,这和中年的我们何其相似,老人一天天老去,孩子尚幼。

看完了电影,在黑暗的路上走回家,没有了激情,但是知道朋友之间深情尚在,只是藏得更深,非紧要时机,难以得见。

靠山记

从网上看到一块石头,说是寿山石,我没有鉴别石头的眼力,但我很喜欢这块石头雕刻的景观,于是就下了订单。查看订单,显示发货地址是老家那边,这块石头要从近两千里外的老家,长途跋涉来到京城,一如当年的我。

买这块石头有两个原因,一是一位哥哥告诉我,和别人谈判时,座位后面最好有面墙,就是俗话说的有靠山,这样谈判容易成功;二是老家是平原,一直对山有一种向往,既然不能把山搬过来,只能买一块石头来代替。

石头被寄到家里,我把它搬上车的后备厢,运到办公室。买了一个底座,放到我右手边靠墙的桌面上。为什么不放到我正面的桌面上,一是怕人说我显摆,二是可能会影响我的专注力;还有很重要的一点是,如果放到我正面的桌面上,坐在我对面和我谈话的朋友,只能看到它的背面。它的背面虽然也很光滑,但是却缺少了风景。放到我的右手边,我和来我办公室的人都可以欣赏到,又给了我一个心灵的慰藉:我有靠山了。

这块石头和网页上展示的完全一样,几棵苍劲的松树沿山势往上,松树后面,高耸的寺庙静静矗立。大概是秋季的深山,就如我收到这个礼物时的季节。突然想起小时候的那首歌,太阳总下到山的那一边,山里面有没有住着神仙。山对我来说是神秘的,不知道那里有什么。在老家的时候,每个秋季,天高云淡,丰收过后,我站在老家房子上,透过层层树梢望过去,能看到远处的西山。老人告诉我说:"看山跑死马,看似近在眼前的山,真的要去,却发现非常遥远。"

看着这块石头,我思绪翻飞。它是来自我小时候看到的那座山吗?是来了结我的一个夙愿吗?如果我把他当成靠山,这座靠山就是来自老家,老家是我出发的地方,是我一辈子的靠山。

一个朋友看了这块石头,说:"石头属土,土能生金。"我豁然开朗,老家是我出发的地方,也是我的才华、我的财富的源泉。

说来,我和这块石头确实有缘。

老屋记

前一阵子回老家，到家时，天已经快黑了。

院子里长满了野草，邻居家的墙边用砖垒起来的菜地里，也全是野草，野草中有几棵菜，可能是原来种的菜成熟后结出的种子长出来的，陶公的"草盛豆苗稀"乎？

堂屋西侧，低矮有脊的灶屋更显出颓败，烟囱露出铁锈一样的颜色，如电影中沙漠里的城堡一样。屋前几棵小樱桃树，是妹妹不知从哪里移过来的，碧绿光滑的叶片如少妇的皮肤。两相衬托，屋子更老，樱桃更新。

堂屋的屋顶，几年前因为漏雨，在二层搭了一层水泥瓦，似乎没有什么变化，二层的门不严，铁质的门闩锈迹斑斑，两个对称的黄色心形图案和"忠"字，展示出岁月的颓唐。很多家都搭了彩钢棚，光艳无比，跟不上潮流，不就是落后吗？谁又管几百年后他人的评价呢，我们都是小人物，历史书上不记载我们。

看着二楼楼顶的水泥瓦，想起和爸爸在二楼楼顶晒麦子的情形。二楼一直没住人，现在二楼楼顶也爬不上去了。我心里暗暗地想，找个时间把二楼重新修整一下，哪个夏天和家人一起回来避暑，就住二楼。二楼的水泥瓦还是爸爸生前放上去的，我在北京已经生活十五年了，妹妹带着妈妈在县城也快住一年了吧，何时能回来呢？

东屋是后来的厨房，一间门楼两间房，一间做厨房，一间做住室，门楼下做了一个洗澡间，还是堂弟做的。东屋顶上还是水泥瓦，大概和正屋差不多时间铺上去的。登楼观看村庄，虽然周围的房子越来越高，树木也稠密起来，视线也不开阔，但还是有居高临下，豁然开朗之感。然而现在搭了水泥瓦，就不能登顶了，再也无法找到当年的感觉。

晚上躺在床上，想起多年前的一个夜晚，后面院子里那位老奶奶去世，唢呐声彻夜不停，十岁的我牙疼得厉害，躺在床上，辗转反侧，久不能寐，后来不知是如何入睡的。

今夜，我似乎回到了少年时代，放下了心里所有的紧张和俗务，如初生儿一般甜美地躺在床上，进入了梦乡。

早上，在满院子的清风和绿叶中，第一次不听音乐打了一遍陈氏太极拳，身心无比轻松地走出院子，去村子里、田野里，去更大的空间开始我新的一天，无比自信。这个放松的夜晚，这似乎从几十年前穿越而来的灵气，让我再次变回少年。

姥爷

梦到姥爷，忽然就醒了，儿子在我旁边睡得呼呼的。醒后久久不能入睡，月光照进这十八楼，整个世界都睡着了，不知道除了我，还有多少人醒着。老家的左右邻居，都在呼呼地睡觉吧，只有月光无声。

妈妈今年66岁，姥爷比她大42，如果活到现在就是108岁。我读师范的时候住的宿舍房号是108，这些数字忽然就神秘起来，不知道数字后面有哪些神秘的关联。

姥爷只有两个女儿，我妈妈排行老二。姥爷兄弟三人，他是老大，二弟意外去世，三弟因为爱上别的女人，远走他乡。二姥爷我没有见过，三姥爷说话那么温柔，真的无法想象曾经那样的他。作为老大的姥爷，担起了带这三家孩子的重任，三姥爷的女儿出嫁，二姥爷家的儿子、女儿结婚，都是姥爷操持。姥爷长得很帅，但我小时候他就已经很老了。

我小时候在姥爷家长到八岁才回到自己的村庄上小学，每个寒暑假还是在姥爷家里度过。

姥爷给我讲过他当兵时的情景，一天有个任务，为了追赶先头部队，一天骑一百八十公里自行车车程，而且他还能从自行车的车梁下钻过去，再回到自行车上，他近一米八的个子，真的不知道是怎么做到的。

我现在印象最深刻的两件事，一件是一个盛夏的晚上，他躺在屋前的躺椅上，收音机里播放着阿炳的《二泉映月》，椅子被轻轻地摇动着，夜晚那么静，阿炳的二胡乐曲和姥爷的一生似乎同频共振，空气中缓缓地流动着忧伤、动听的曲调，听着听着我就睡着了。

还有一次，姥爷骑自行车送我回家，在村后，我看见一根电线悬挂在离地面不高的地方，懦弱的我没有告诉眼睛不好的他，结果我们被电线绊倒了，连人带自行车一起掉到了旁边的沟里。姥爷问我，我才说看到了那根电线，他只说了一句"怎么不早点儿说"，就什么都没有再说。现在每次想起，都宁愿岁月重新来过，我知道该怎么做，而且一定会那样做，不会让爱我的姥爷受伤。

有我妈妈的时候，姥爷已经四十多了，在我十几岁的时候，姥爷就去世了，那天下着雨，在他辛苦了一辈子的地里，我们在泥泞中送别了他。

他的善良我会永远记住,当我遇到挫折的时候,我仿佛看见他在天上看着我,说:"努努力就过去了。"在我家里还有一方他名字的印章。虽然他永远离开了,但在我的心里,关于他的一切却从未离开。

罗汉记

昨天,从潘家园旧货市场买了一件自己很喜欢的物品,一个坐在长条凳上的罗汉像。

我和这个像确实很有缘。

去潘家园之前,我就有在书桌上放一个人像的想法,在自己读书和写东西的时候可以时时陪伴着我。但又不清楚自己到底想要什么样的人像,只是隐约觉得一些大人物的像似乎只能衬托出自己的弱小。没承想,在潘家园遇到了这尊罗汉像,一看到它,我便知道,这正是我想要的。

出售者是一位五六十岁的老者,从他摊前走过时,我就似乎有所心动,虽然人在往前走,心却越来越放不下,于是就折过去,在他的摊位前坐下。他摊位上有两个人像,一个是牧童骑水牛像,让人想到某幅"牧童遥指杏花村"的国画;另一个就是这尊罗汉像,我并不知道他是罗汉,罗汉坐于一条长凳上,宽大的僧袍将身体掩盖,腰背直立,两手抱左膝,左腿顺势立于凳子上,另一腿平放。

罗汉在修行者中位列佛、菩萨之下,为第三等,他身下的长凳也是人间凡人可接触的,而佛和菩萨脚下要么是祥云,要么是莲花,与凡人相距甚远,这大概也是我喜欢这尊像的原因吧——距离我比较近。往深处想,我和他虽说身处不同的世界,但经过这么多年的努力,我从一无所有,到现在至少有凳子可坐,似乎是凡间罗汉。只是比起这尊罗汉,我少了很多从容。我和他一样,要继续努力,继续向前,以后有他在旁边,我便能时时鞭策自己,不再懈怠。

落叶与游子

看树下堆积的落叶，就知道秋天来了。

树上的叶子依旧灿烂，树下的落叶成堆，旁边还有打扫者留下的竹扫把。前几天还没有看到这么多落叶，现在秋天已至，黄的树叶飘落了一地，但树仍是枝繁叶茂。一个念头从脑中闪过，一棵树它该有多么深的根啊，把水和营养送到树干、树梢去，才有这数不清的叶。

树下坐着两位晒太阳的婆婆，忽然想起"夕阳无限好，只是近黄昏"这句诗来，诗歌未免有些悲伤，其实到了这个年龄，如果已经按照自己的愿望努力生活过了，看到了人生的各种风雨，就不再有遗憾。旁边的两个孩子不就是她们生命的延续吗？

忽然想回老家去看看那里的秋天，如同树叶想回归大地。

弥勒湖泉酒店

到了弥勒,天已经黑了。车子开进酒店,感觉这是一个山水相依的公园式酒店。因为时间已经很晚了,就抓紧时间收拾,赶紧睡了,计划明天一早再欣赏酒店的风景。

早上醒来,隐约有稀稀拉拉的雨声。拉开窗帘一看,果真下雨了。不甘于待在房间,于是就穿戴整齐,走到酒店的一楼去看一看。

回廊四处皆是雨声,几十米远处有机动车响声传来,似乎是一辆农用车开了过去,这么勤劳的农人啊!小楼一夜听春雨,明早有人叫卖杏花吗?在回廊上练太极,看着自己房间昏黄的灯光,有一种安全感和归属感,虽然只是我的暂时居住之所,但风能进,雨能进,别人不能进,带给我一种稳定、可靠且温暖的感觉,如家一样。练着太极,听着雨声,伴着太极音乐,一起稳稳地落在我心中。江湖夜雨十年灯,没有了厮杀,只有暖暖的回忆,和蹲在墙根晒太阳的从战场归来的老将军一样。

梦如画

昨天做了一个梦,在梦里回到老家,看到同学的老母亲,看到村前的小河,水从石桥下流过,我从河对岸回家,在地里上下攀爬。

醒了,觉得梦很不错,故以此为契机,将自己能记起来的梦记录下来。

是为序。

梦之一

赵寺街有人在唱戏,我走过去,戏台上的人模糊不清。街道上,各种出售的物品种类繁多。我走来走去,不知道在找什么。

从那条长长的街道走下来,河水漫过了小石桥,四条厚石板就那样简单地搭着,下面撑着它们的石墩已经深深地陷入河中。我从石桥上轻轻走过。河水很清澈,有鱼儿跃出水面。

走过小桥，看见了我初中同学的母亲，她的头发已经全白了，听说同学的父亲已经不在了。那位母亲低着头，在整理他们种在河边的菜。我沿着小桥往上走，河水阻断了桥，于是我从旁边的田地里往上攀爬，对那些荆棘竟然没了感觉，是因为我离家后长长的岁月让我的手起了茧子吗？

马上就要到家了。妈妈他们在家吗？

梦之二

沈从文的《西山的月》从一位女士嘴里流出来，像是山泉一样悄悄地流淌。早上的空气很好，布谷鸟的声音从头顶传来。听到"云是她的衣裳"，忽然瞥见高空的白云，心则坠入了文章所营造的一片景中。晨练的两个老太太从对面走来，身后是一位五六十岁的男子，后面跟着一条苍老的狗。

忽然觉得好像都是梦里见过的，在什么时候，在哪里，完全记不得了。人生是不是都是这样，有时候梦里见到了现实，有时候现实中见到了梦境。我是蝴蝶，还是蝴蝶是我？抑或人人是庄生，庄生是人人。

生活如歌

听王杰《回家》这首歌,走在清晨六点无人的街道,忽然想起读研究生的时候,回老家教书的学校,和旧日朋友玩了一夜,早上小雨轻轻下着,骑着自行车回家,情景何其相似。

木蝉

一只黄色的蝉在我的桌子上,它是去年来到这里的,趴在我桌子上一动不动。一只坚硬的蝉,木头做的,到底是檀香木还是什么木头,我不记得购买时商家是如何告诉我的。对于我来讲,只要我喜欢就行,不管什么材料,什么形状,什么颜色,我第一眼看到只要喜欢,我就会越来越喜欢,也就是一条道跑到黑的意思。

这只蝉是在稻香湖参加孩子的一个农业实践活动时买的。孩子们在稻香湖的田地里走了几个小时,田地里各种形状的农作物都忘记了,虽然看的时候似乎印象很深刻。这种活动给孩子们留下的印象,自然远远不如我三十多年的农村生活来得深刻。我和爸爸、妈妈、妹妹们住在农村,很早就和父母一起下地去干活。上小学的时候还有勤工俭学,带着一个大大的装化肥的袋子,从村子里往外走,从自己小组的地里到同村外组的地里，然后跨过河，到河南边那个叫徐集的村子去，在空旷的麦地捡漏下的麦穗。

听完田间地头的课之后，在大厅里听课。大厅就是个展厅，我四处闲逛，看看有什么可以入目的东西。看到似乎是二十四孝的木刻，刀功很精致。这些雕刻精美的工艺品却引起了我的购买欲望。在大厅的柜台里看了好几遍，这只蝉引起了我的兴趣。几十元钱就买了下来，从海淀北部水草优美的稻香湖，带到我的房子里，静卧在我读书写字的桌子上。

这只蝉让我想起老家的蝉来，雨后有树林的地方有一个个小洞，用手挖几下就是一只蝉，那是满身盔甲的蝉，两只如锯齿的前爪有时候会抓疼手，用盐水煮熟了吃。我在姥爷家里，也常常一大早和表哥们去村子东头的杨树林，捉那些刚褪了皮，翅膀还没有硬起来，无法飞起来的蝉，透明的蝉翼让我想起来历史书上的金缕玉衣。

人是多么矛盾啊，人们把蝉作为食物，同时也用玉石和木头雕刻了蝉来欣赏，从精神和肉体两个方面为我们所用。我之所以会买这只蝉，因为它让我想起来小时候和它的一些故事。

七周年祭

爸爸去世快七年了,想一想除了爸爸刚去世的那一年,其他年份,无论春节还是清明,我都没有抽时间回去,去他坟上看看。

父亲和儿子之间的关系有时候很微妙,有默契,也会有怨气,虽然有句话说"多年父子成兄弟",也都是不断磨合的结果。现在想想,大概两个男人都有想掌握家庭大权的想法,这也是所有男人的想法,随着儿子不断长大,父亲逐渐老去,两种力量对比会在某个阶段完成新老交替。

我上初中的时候,除了向爸爸要钱、粮食交给学校换饭票,我和爸爸的沟通极少,但我和同学之间的话却并不少。那个时候自己很笨,到初中毕业才学会骑自行车,所以很多时候都是爸爸骑自行车送我去学校,有次都骑过了学校,我也不说,后来才知道是爸爸给我的一个考验,我的话少由此可见。

初中毕业,自己想上高中,考大学,由于家庭原因上了师范,去小学当了数年老师,对爸爸不出钱送我上高中有几许恨,似乎"仇人"一般。在离家不到三里的小学校教书,也选择了周末才回家。

小学老师工资低,日子过得苦,买十块钱一双的皮鞋,底子很快断了,就用塑料袋套了袜子。很多同学去深圳打工,我也打算去,都到了漯河,从外地回来的同学又改了时间,于是我就转头回家,回家路上,接我的爸爸说:"要不就考研究生吧。"

于是我就开始考研究生,连续考了四年。最后一年去赶考之前,爸爸在堂屋祖宗牌位前烧纸焚香,嘴里念着"祖宗保佑",那一刻,我忽然觉得肩上的担子一下重了起来,也就在那一年,我考上了。

在成都读研究生的那几年,突然明白了爸爸的无奈,他是想让我读高中,考大学的,但是家里的经济状况不允许,第一次体会到他的不容易。

爸爸兄弟四个,小时候受人欺负,奶奶就带着他们和别人斗,所以每个兄弟脾气都很暴躁。爸爸也是个有本事的人,至少酒量和口才还是很好的,村里的红白事都有人请他去陪酒;春节,亲戚邻居都前来请爸爸帮他们炸油条。现在想起小时候放学回家,看见爸爸坐在椅子上,靠着椅子背睡着了,一副喝酒喝多了的形象。

2003年,我在四川大学研究生宿舍备考司法考试,家人打来电话,爸爸突然脑出血住院了,从二叔和别的亲戚处借了钱看病。我跟妈妈说一定要看好病,医生不让出院就不出院,听着那边爸爸急促的呼吸声,我在宿舍阳台上不禁放声大哭。那个时候我感觉到了自己的责任。

爸爸按照医生的要求住到可以出院才出院,很庆幸,没有留下任何后遗症。但是人却没有以前的精气神了,走路时脚好像老是在地上拖着走,声音似乎也没有以前响亮了。他心脏也不太好,过一段时间就要去输液。我放假回家,看到爸爸躺在沙发上困难地呼吸,心里很难受。

研究生毕业就来北京了,公务员没考上,去做律师,男律师没有女律师受欢迎,辗转了几家律所,最后实习结束还是要自己干,刚开始收入不高,每次回去给家里拿一两千块钱,有时候还要从家里拿钱。爸爸每次都不客气地接着,妈妈私下跟我说:"你爸不能挣钱了,他手里有些钱,心里不慌。"爸爸去世后,妈妈在床下还扒出了一万块钱,以前从来不知道。

有次我和爸爸在外面办事回来,遇到谁我忘记了,但是爸爸说的话我一直未忘记,他说:"我活不了几年了,我爷爷活到84岁,我爸活到74岁,一辈辈减寿。"他去世时69岁,一想起他当年的这些话,我就心里难受。

爸爸去世前一个月左右,我出差到老家附近,原本打算回家,后来又不想回了,但最终还是决定回去。爸爸带着同村一个跑车的年轻人去接我,从四五十里外的漯河高铁站回到家,在沉沉的夜色中,我突然想到"相迎不道远,直至长风沙"这句诗。回家后,妈妈告诉我,因为我中间说不回去,爸爸脸色一下变了,后来我决定回去后,爸爸又高兴起来。难道这就是人之将去的一种感应吗?那次离家早上走得早,我把新买的手机的充电器落家里了,后来我想:难道是因为我不在家,所以就留下了这个充电器来陪爸爸最后的岁月吗?

那天爸爸吃完饭,在看电视的时候突然就去世了,前后十多分钟,四叔过来摁爸爸的人中,爸爸流下几滴泪,妈妈说:"是不是你爸感到了痛?"

爸爸去世,我才感到子欲养而亲不待的痛,半个月前,我跟他们说,每个月给爸爸妈妈一千块钱,别人有退休金,我也不会让他们没钱花,他还很高兴地跟邻居都说了,第一个月的一千还没有拿到,他就走了。

在距离北京一千公里外的家乡,爸爸静静地躺在菜园地里,我好久没有回去了。春节,别人都接老人回家过年,我却不能。

我想去看看您,爸爸!

三叔

三叔走了，2020年5月5日。

他家住在村子最前面，院子前二十米就是柳叶河，我小时候经常去河里洗澡，现在已经干枯了。

从北京回家奔丧，我竟没有眼泪，大概从小接触不多。回到我生活了几十年的村庄，低头快走，距离三叔家还有四五家的距离，就听到了沉重的哀乐，一下就无言地悲痛起来。跪倒在堂屋门口，看见盖着一块白布的棺材，我弯下腰向三叔磕头，眼泪一下子涌了上来，嘴里沉重地喊着"三叔"。亲人们把我拉起来，已经是晚上七点，他们都吃过饭了，就我和刚赶来的妈妈、小妹、外甥女还没有吃饭，于是，在东屋厨房里，大盆菜端上来，稀饭盛上来，手里拿着面包一样松软的白面馒头，边吃边回忆三叔的一些事。

三叔三婶都特别能干，一到农忙，中午一两点顶着毒日头在地里干活是经常有的事。三叔能干又节俭，所以在当时也是有钱户，三十多年前就自己买了一辆四轮车，但因为年龄的原因，技术不好，给别人干活的时候似乎不多，还有几次把四轮车开到了地头沟里。

第二天出殡。那天晚上，先由自家的小辈和平辈磕头行礼，相当于送行吧。首先是我和几个堂弟，向唢呐手抱拳行礼，于是礼乐起。在乐声中迈着沉重的步子，对着灵牌磕头。我跪在灵牌前面，按照两位长辈的要求行事：右边的叔叔递给我一杯酒，我接过酒递给左边的叔叔，从右到左轻轻将酒泼洒在地上，这大概是给三叔敬酒吧。

小辈行礼后，和三叔同辈的几个叔叔也行了一个简单的礼，二叔他们也跪下来，他们那些灰白的头发随着磕头的动作而起伏，突然想到生死面前无老少，看着弟弟走在自己前头，内心该是百感交集。

第二天上午是仪式的核心，先去地里选了坟墓位置，好让他们用机器挖墓坑。鼓乐、挖坑、埋葬，一系列都有人专门负责，只需要出钱就行。这样也好，这个时间家里的壮劳力都出去挣钱了，要像以前那样自己挖墓坑、下葬，这些需要力气的活儿真的还完成不了呢。

在三叔家的院子里能看到我们生产队的菜地，那是我们家族的坟地所在。从我太爷开始坟就在那里了，我的爷爷、奶奶、二爷、我的爸爸，他们都被埋在那里。

河水早就没有了，三叔有的是时间和力气，河里的土被他一锹一锹地筑成一块块方田，种上庄稼。从这些庄稼地或者柳叶河的河湾走过去，就能到我们的菜地，即我们家族的墓地。三叔在河边这块地上的房子里住了近五十年，然后就搬到河湾另一边的菜地里去了。这个季节，路边、河沟里全是各种绿色的植物，满眼看去都是无限的生命力。地里是旺盛生长的麦子，三叔可以和它们在一起了。以前他睡在这边，睡醒了就可以望一望那边自己的希望，现在他住那边了，某个时间他累了，是不是也会起身望一望自己曾经住的房子呢。

我突然想，三叔也曾经是个小孩子，那他去了另一个世界，是不是又是一个新的开始，爷爷奶奶带着幼小的三叔和我年轻的爸爸，怎样生活，他们曾有的仇怨是否会一笔勾销？一家人高高兴兴地生活在一起？

下午一点多，送殡队伍出发。堂弟抱着三叔的照片，我抱着灵牌。上面写着"张公讳某某"，人死为大，除非恶人，是不是所有的人都可以称呼某公。从灵牌上我才知道三叔出生于1951年11月6日，虽然这么近的亲属，这么多年我竟然不知道他的出生年月。是我们交往少，关注不够，还是这个世界上大家都是陌生人，每个人或多或少都有不希望别人知道的东西。

　　因为不能出门就往西，所以送殡的队伍在村子里绕了一圈，中间停了两次，每次都是过桥后在宽阔处停留几十分钟，以便举行相关活动。唢呐手连吹带跳，有时候还加些唱段，女歌者声音沙哑，歌声在热烈的阳光中飘散，围观的人都是老弱妇孺，年轻人都出去挣钱了。

　　埋葬的时候把周围的庄稼毁了不少，我们小辈跪在松软的土上，看着那些专业人士把三叔的灵柩埋到地下。

　　村子里的房子似乎没有变化，也似乎有了很多变化。三叔家那棵多年的柿子树没有了，那一棵大杏树也没有了，虽然院子里还有一棵枝繁叶茂的小杏树，但我心里却空了很多。回到三叔的院子把孝帽拿掉，远远望一望菜地里那一个墓碑，几个坟头，想着三叔将永远在那里了。那些我们日夜追求的所有东西，对他没有价值了，那一刻，我似乎对人生有了新的想法，对人生的意义有了新的领悟。

　　小妹开车送我去高铁站路上，不知道三叔开的那些荒地谁会继承。土地对于农民的意义，其他人是无法理解的，再想想今年已经快枯死的麦子，村子里的人说地里埋的抗旱管线都生锈了。

十渡桃花记

十渡的桃花开了,还有一种白色的花,我以为是杏花,路过的女士说是苹果花。无论是什么花,它开了,春天来了。看到它们,心情很愉快,这就好。

玻璃栈道,摇摇摆摆的吊桥,风中微微晃动的玻璃桥,我开始害怕,后来就习惯抑或麻木了,不再有感觉。从水帘洞瀑布边走过,溅起的水珠凉爽,让人觉得夏天到了,其实没有,有什么关系呢?感觉好就好,无论寒暑。

十渡这个名字于我心有戚戚焉,十全十美者我喜欢,然又是渡口,在这里,朋友来了又走,走了又来,春夏秋冬来来去去,悲喜交加,多少故事在这里上演,现在是春天,我自欢喜。

天宁寺游记

公历 2022 年 3 月某日,从大兴区办事回来,距中午十二点还有一个小时,从西二环经过,快到天宁寺桥时,忽然想去天宁寺,绕了几个圈,从二环柳荫如盖的路上过去。

非常不巧,天宁寺停止接待。我把车停在一边,走了两个路口绕过去。天宁寺前有一棵古树,古树两边是两所学校,西边有牌子"北京小学天宁寺校区",东边没有牌子,估计也是一个学校。一霎间,我的心沉静了下来。

寺庙大门紧闭,能看见院内的古塔,是辽代建筑,并经后代重修。旁边有一个高大的工业高炉,不知道是供暖还是别的什么用途。想想曾经的胜景吧,一边是工人热火朝天干活的场景,一边是僧人们的梵音。现在这个高炉应该也休息了吧,很多污染环境的企业也都搬出了北京,还北京一个清静的文化之地。

周围的小区和道路均以天宁寺为中心——天宁寺前街,天宁寺东里。这座寺见证了周围的变迁，寺前的古树也见证了这一切。站在寺前，看着这沉静的寺院，看着这沉寂的古树，我一瞬间也沉默起来，在历史面前，谁能不惆怅。

天宁寺啊，我来了，却不能进去看一看你千年的历史，但，我进去了，又能进入你的内心深处，看到你那经历无数风雨的内心吗？

缘是缘，无缘也是缘，且将天宁寺前所挂牌匾上的简介摘录如下，而这千年历史所总结的几句话，是这古寺永远不变的东西吧。

天宁寺塔

北京现存最精美的古塔之一。经考证建于辽代，为八角实心十三层密檐式砖塔，高57.8米。塔基为方形平台，底部为须弥座，塔身浮雕金刚力士、菩萨、云龙等，形象生动。天宁寺现存殿宇为清代重修。天宁寺塔在整体造型和局部手法上表现了辽代密檐砖塔的建筑风格，是研究中国古代佛塔的重要实例。1988年被列为全国重点文物保护单位。

郁正宵与《来生缘》

开车去单位,风很大,大概六级。车里播放着郁正宵的一首歌曲。他声音很高、很年轻、很有冲劲,我低声跟着哼唱,忽然感觉很好。他的高音一如过去,让我想起二十岁时第一次听到这首歌时的心情,纯洁而无所畏惧,不知道那个时候哪个女孩在我心深处。我低声哼唱,我这四十多岁的无法再高起来的高音,这中间二十年的时光我经历了些什么,现在的生活和二十年前我想过的生活一样吗?我不知道,但至少我不后悔。这高亢的原唱和我这低低的哼唱,让过去与未来相互交错,一时沉醉了,这就是艺术的魅力,让我们记忆一辈子。且听他高声唱,且听我低声和。

忽然想起《来生缘》这首歌,第一次听是在十六七岁的时候,在离家一百三十里外的一个县城,我在一所师范学校上学。从宿舍去教室的路上有一棵洋槐树,被风吹落的槐花、槐叶,老是引起我伤感的情绪。那个季节,大街小巷都飘着这首《来生缘》。

不同年龄的人都爱唱,但在每个人的心底勾起的情感大概是不一样的。二十多年后,我再次听到这首歌,心中的感想也不同于当时。二十年就是一代人,那句"十八年后又是一条好汉"能从时间上来说明这种情感变迁。

这次听《来生缘》,才知道还有粤语版的,而且粤语版的歌词和普通话版的完全不一样,似乎更伤感,更动听。那个时候怎么就没有注意到呢,或许那个时候我很年轻。

铁路

我住的地方有一条地铁线,从小区东面高架桥上迎着太阳从北面飞奔过来,然后钻进高架桥上的隔音障,朝着下一站轰隆轰隆地驶去。这趟车,我不知道该称作什么,有人说,地下的叫地铁,地上的称城铁。这大概应叫作城铁。列车从高架桥上过去,能模模糊糊地看见车内的人影,那里面有我熟悉的人吗?车飞奔而去,太快了,车上有人能看到我吗?我们可能互不认识,也可能是非常亲密的朋友,但都一样失之交臂。

今年随着业务不断增加,出差的时间越来越多,因为高铁便捷,所以每年有不少坐高铁的机会。有次出差,高铁从我们村庄西面过去,但是却看不到我家的地,因为一瞬间就驶过了。不知道那个时候妈妈的心是否会忽然有所震动。

头发

发者,肾之华,意思是肾好,头发就好,这是我三十多岁以后才知道的。

年龄越来越大,头发却越来越稀。头发又称烦恼丝,难道头发少了就是烦恼少了吗?随着年龄的增长,要操心的事情越来越多,烦恼并没有随着发量的减少而减少,反而是增多了。

头发随着年龄增长而变少,或许是自然规律,或许是因为操心,又或许是在电脑前待的时间多了。

小时候,我的头发一旦稍长就会打卷。初中上地理课才知道,人种不同,头发不同,似乎黑人的头发才易打卷,所以对于自己一长起来就打卷的头发似乎有几分自卑,但更多的时候自省能力较弱,玩着玩着就忘记了。

看一张自己大概23岁时候的照片,是在驻马店教育学院和团委的老师一起拍的,头发长而浓密,如同当时自己的精力。那个时候读书、工作、学习和写文章，好像从来就没有感觉累。

　　头发再也回不到从前的样子，花有重开日，人无再少年。头发少了也好，理发简单。"物美合作"的十元快剪，几分钟就理好了。基本上除了头顶，三面露头皮。年少时，因为头发多且乱，我的理想就是何时可以理一个光头，洗头方便。但是因为工作原因，且自己没有那种舍我其谁的精神，所以理"光头"就只能是想想。现在理的这种发型，倒是在不断接近我的理想了，慢慢地往上推，再过几年大约"光头"的理想就可以实现了。

　　原来我前边的头发很多，随着岁月的流逝，发际线在一点一点后退，就像沙漠里的沙子不断侵蚀绿色植物的领地一样。

　　年轻的时候，对头发的关注较多，现在关注得越来越少了，因为需要我关注的事情和人越来越多。而且身体发肤，受之父母，个人似乎也无力去改变更多，那些生发、护发的产品和方法，我认为更多的只不过是慰藉。

　　想起当年我在老家一所小学做老师，一天忽然看见一个女生头上有几根白头发，仔细一看，就更多了，心想这大概是遗传吧。当时心里很震撼，面容红润的小女孩，却过早地白了头，这对孩子是一个多么大的刺激啊。我还为此事写了一首诗，现在不知道诗在哪里，也不知道我当年的那个学生去了哪里。

五月的梧桐

每次看到梧桐花落一地，芳香四溢，就心有所感。它总是悄悄地开出花，用甜甜的香气陪伴夜行的人、早起的人。满地的落花，花的边缘已经有些憔悴，环卫工人把它们聚拢，不知拉到城市的哪个地方，在那里，它们悄悄地离去。

五月的清晨，气温还微凉，布谷鸟在高空呼叫着飞过，树枝间的鸟儿跳跃欢腾，树上稠密的叶子在轻轻摇摆，那是风儿在低声细语。梧桐枝是金凤凰的家，可我只见梧桐年年花开，却从未见过金凤凰。能守着梧桐，看梧桐花开，闻梧桐花香，默默工作的我们，都是亲人朋友眼里的金凤凰吧！

花香、鸟鸣，和小时候家乡的有何不同？只是场所和时间不同吗？熟悉而又陌生。

西山游记

秋风吹起,又是赏秋时。秋季最美的风景多在山里,但香山名声在外,游人多,所以我就选了人少的西山国际森林公园。

进了公园的门,和儿子一起在瀑布广场等他的小伙伴,小伙伴的父母是我和爱人的老乡,也是我们的朋友。

在等人的过程中,只见瀑布从高处坠落,在下面的石头上摔出的小水珠和水花,激起一团团雾气。雾气袭来,一阵清凉,霎那间感到了秋的冷意,炎热的夏天远去了。

我们一行五人,分成三组,沿山而上,两个小男孩一路追逐奔跑,我在后面紧跟,最后面是两位女士缓步而行。

山里似乎还没有季节的变化,好像风景也和夏季一样,有落叶,也有长出来的新芽,每个季节都有新旧交替。沿着一条小溪往上走,风景随着小溪的曲折而变换,园林管理员在小溪里用水管控制并排放着雾气,如《西游记》中的仙境一般。两边的松树四季常青，让人忘记了年龄，且明白了为什么修行的人要和松树为伴。

一种说不出名字的植物，枝上结满了红色的小果子，非常鲜艳，路过的大人孩子无不驻足观赏。我都想带几个回家品尝呢。

森林的"大舞台"处，孩子们欢声笑语，跷跷板、秋千，没有一处空着，秋千越荡越高，几乎要融入蔚蓝无云的空中。有一处滑梯，孩子们排着队，一个接一个地往下滑，小孩子被大孩子带着滑了一次，就要脱离哥哥姐姐的控制，要单独滑。如果没有这么多孩子，我也想滑一次。在那光滑的滑道中，把自己想象成孩子，让浑身放松，顺着那滑道的形状自由滑落下去，感觉真好。

太阳下山了，游人也簇拥着下山，心里在想着：什么时候再来呢？儿子因为要和小伙伴分开，满脸的恋恋不舍，我看到了儿子脸上流下的泪。他悄悄转过脸，用袖子轻轻地抹去。

梧桐花

早上去跑步,看到梧桐花落满地。那些花儿,有刚刚落下的,有被早起的人无意踩过的,有生机盎然的,还有枯萎的,变了颜色。

突然,有浓浓的清香飘来,而在晚上就不容易捕捉这种香气,我想这或许是因为晚上关注的东西太多了,就无缘享受这自然的馈赠。而早上,一眼望去,只有早起晨练的人和辛勤的环卫工人,路上人迹稀少,所以才看到了平时看不到的事物,这是早起的人的福利。

榆钱

小区有个后院，四周砖墙，地面铺有沙石，也有部分露着土，平时被当作停车场。

昨天开车，在院子的门口看到两位女性，一个四五十岁，一个七十岁左右，年轻的拉着树枝，用手往下将，年长者拿着一个塑料的大口袋。口袋快满了，仔细一看，才知道她们在将榆钱。忽然想起老家，顺便跟儿子说以前吃榆钱的事。把面和榆钱搅拌了，在锅里蒸了，和"金狮麟"的蒸菜一个做法。儿子到了汽车旁边，看见两位女士离开了，又喊我去将一枝榆钱。

我的思绪忽然就回到了老家。小时候每年这个时节都要吃榆钱，觉得非常美味。为什么小时候的记忆这么美好，大概是人生阅历少，认为人间只有真善美；另外，生活在一个沾亲带故的村庄，如同原始社会里的氏族一般，有着各种各样的牵挂。

我们家后院有一片空地，空地上有两棵大枣树，结小枣，每年丰收时节，都能摘一大筐。筐子是小枝条编的，完全是原生态。厕所在堂屋东侧，只有围墙没有屋顶，里面也有一棵枣树。那个时候家里的堂屋还是一个平房，我在屋顶上看到枣树上有一只蝉，于是就拿了一根细棍，悄悄地接近蝉，猛地一下戳过去，结果自己一下从屋顶上掉下来，也没捉着蝉。等妈妈跑到厕所里，看见我呜呜地哭着，枣树的树枝救了我，树枝上的刺却把我扎得痛哭起来。

后来，院子里种了一棵桃树和一棵杏树。桃树是移过来的，杏树是往年吃的杏核发芽长出来的。这两棵树在我印象中老是生虫，但不管怎么样，慢慢地长大了，结了果子。虽然有来我家小卖店买东西的孩子会摘去几个，每年还是可以看到桃子、杏子成熟的模样。

大门外面的路上，有一棵桑葚树，是前院邻居家的，每年大概麦收季节，路上掉的全是桑葚，黑的、红的，满地都是。于是地上苍蝇乱飞。看着小鸟们在树上飞来飞去地啄食，羡慕极了。

家里的院子，也曾经是果树环绕，有次回去看到妈妈还在院子里种了菜，绿油油的，虽然菜的形状各异，却一点也不违和。菜地没有施过化学肥料，从地里可以直接到餐桌，这大概就是陶渊明的田园生活吧。仔细想想，人的欲望是无止境的，但最本质的生活也就是身与心，良田千顷不过一日三餐，广厦万间只睡卧榻三尺。人啊，心安即是天堂。

老家的枣树好像都没有了，桑葚树因为前院盖房子也被砍掉了。爸爸去世七年后，妈妈和妹妹搬到了县城。前几天半夜醒来，月光从窗外照进来，周围一片寂静，忽然想起小时候半夜醒来，在老家的房子里，月光从窗户照进来，听见另一个房间里爸爸、妈妈、妹妹们低沉的呼吸，看到院子里的树轻轻地与风低声细语。这个月亮和那个月亮有何不同？我回答不了，我也不知道，老家那已经没有人住的老屋，会不会很寂寞。

月下

冬天的夜晚很凉，在楼下练太极。离楼很近，楼就显得很高很高，然而月亮更高。一边是高楼，一边是两层的小楼带着几间平房，就在这空隙中间，月亮高高地挂在天上。

想起小时候忘记了时间，玩到月亮很高很高，伙伴们都回家去了，我也要回家，想到可能会遭到爸爸的严厉斥责甚至暴打，虽然玩得身上都是汗，但看着那月亮，忽然心就凉凉的。

这会儿月亮给我的感觉似乎和小时候一样，一样的月凉如水，又似乎不一样，可能一是因为我长大了，经历了这么多年的风雨，抗压能力增强了；二是虽然很多事情不一定我说了算，但我现在也算是一家之主，因此，我看月亮的心情和小时候自然是有些不同。

看月亮的心情，不只是和小时候不同，即使现在，在不同的时间，不同的地点，对月亮也有不同的感受。

在楼下望月,在自己住的楼房里望月,在出差的宾馆里透过窗户望月,在接儿子回家时的过街天桥上望月,时间、地点、同行者不同,心情不同。想起苏轼的《记承天寺夜游》,是风月有不同呢,还只是观月的人不同?

都是望月,抬头仰视,不甘寂寞的嫦娥奔月去了,现在却只能一个人寂寞地住在广寒宫。望月的时候,我们能想起什么呢?

在月下,我轻缓地练习着太极拳,这套拳也有几百年了吧,从第一个创立者,到现在的无数习拳的人,他们也在月下练习过吗?他们练习的时候是什么心情呢?

想起上初中时,学校没有围墙,学校东边有个当地人的蔬菜地,他为看护这些蔬菜搭了棚子。一个二十多岁的年轻人,每天在"气风灯"下练拳,身上出了汗,在灯下闪闪发光,不知道他现在怎么样了,也该是五六十岁的人了吧?是老了?还是练拳让他依旧年轻?

很久没有这样看月亮了,生活的鸡零狗碎和谋生的日常模糊了我们曾经纯净的眼睛,今天在月下,想起了家乡,想起了年少时,也想起了读过的"秦时明月汉时关",这月光就这样一直照着我们,而观月的人却一直在变。

诗 歌

爱的距离

你对我的爱

渗透入我的每一分钟

把我变成你想要的人

我默默流泪

在家的楼下

我不知道你爱的是以前的我

还是将我改造成你想要的样子

爱需要距离

爱需要包容

你不是我

我不是你

所以才有我爱你

你爱我的相互吸引

我们像两只爱着的刺猬

相互拥抱又保持距离

要不

我伤了你　你伤了我

想对你说

又怕你伤心

我只能默默等你领悟

或者看着你越来越远

爱晚亭

周围一层又一层的翠绿环绕

在这中心的中心

古色古香不是来自很久很久以前

塌了又建

杜牧老夫子的诗歌

是谁把它幻化成这一处精致的亭子

亭子里的座椅上

有一对情侣

昨天这里是谁

前天这里是谁

远到古远无穷尽

明天又有谁

后天又有谁

远到无穷之未来

是人成就了这亭子

还是亭子成就了人

还是相看两不厌

从旁边购物亭买一杯"浮生半日闲"吧

谁告诉我的

且饮

我们活在现在而不是从前

表叔,我从你的窗前经过

开车从阜石路过

背着夕阳往东赶

到田村了

右边路南闪现田村山的影子

左边家属院层层叠叠的房屋

透过家属楼间的空隙

看见您的房子一闪而过

那是您的家　或者说曾经的家

看见您的影子也一闪而过

夕阳越来越热　越来越远

它要下山了

春天的树叶越来越多　越来越浓

这绿色堆积起来的深深的愁

在深夜里将我环绕

想您走过的一甲子春秋

每一个漫长难熬的日子

每一个瞬间的欢乐

想起和您在一起无法计算的日子

一切都如梦一般

一个一个日子渐渐离开

带着您　离我越来越远

本来还属于您的数十个春秋

它们哪里去了呢

是谁夺去了它

让我不能和您在一起

而只能沉浸在无边的悲痛和忧伤里

今天我在春天的阜石路上经过

也从表叔您的窗前经过

您永远在我心里

您永远在春天里

出差

飞来飞去

高铁来　高铁去

陌生的城市

深夜才入睡

在一个深夜的城市

就着啤酒、烤串

和着清风与明月

有时候伴着狂风、暴雨与冰雪

周围是当地的普通人

他们操着当地口音

面对面

或者电话往来

我知道我和他们不是同乡

我来自很远的地方

只能住在酒店

他们不知道我和他们不是同乡

也不知道我住在酒店

更不知道我生活在距他们

几千公里以外的城市

从北京飞到昌北机场

又从昌北机场到南昌西高铁站

在高铁站内的二楼

吃了一碗当地的粉

在检票口准备进站

周围有我这样劳累的中年男人

也有美女帅哥

忽然我不知道自己是谁

我来自哪里　将去何方

漂泊的人

何处不是家乡

当我躺在卧铺上

火车在阳光中开始晃动

它将带我去吉安

那里或许是我的下一个家乡

春柳

春天来了

柳树绿了

在河边随风起舞

像美丽的姑娘

送别朋友

折一枝柳

看背影越来越远

西出阳关无故人

柳是使者

带着春的信息来到人间

青青的柳枝

让吹面的风不再寒冷

柳叶在风中摆动
抚摸我的脸
如我快入睡时
母亲的手轻抚我的脸

丰乐园酒店

在酒店前的花园里
握手传递了多年未见而依旧熟悉的温暖
走过车和行人稀少的道路
在饭店明亮的灯光下
看到同学这些年的风霜
在眼角留下皱纹
浓密黑发中几根刺眼白发
心中几许安慰
还是黑的多　我们还是少年

初中毕业好像就未见了
三十多年的雨雪风霜啊
问他回老家做什么

嘶哑的声音告诉我

某位高堂去世的消息

哎

想起八年前离开人世的父亲

早上起床

打开手机放支曲子

婉转忧伤的旋律让我想起过去

慢慢地穿衣服

少年时怕一辈子也不会壮

而现在已经胖得不成样子

屋外花园里的鸟儿叫声宛转

屋外空气清新

我十七岁时父亲是我现在的年龄

带着裹着军大衣的我

去卖自己种的萝卜白菜

换取过年买肉的钱

军大衣带来的温暖

却抵挡不了从脚底传来的

刺骨的寒凉

我穿衣时　空气微微流动

让我感到了当年父亲抵挡的

世界的寒凉

那是我当时不懂的

去喝一碗胡辣汤　吃几个水煎包吧

前行的号角已吹响

高铁从我的村庄路过

站在清明节前的田野
在父亲的坟前添土
点燃几张纸钱
看着它们慢慢从黄变成灰白
慢慢飘散在空中
我想它们到了另一个世界
变成了父亲的钱

远处的一线
是高铁呼啸着
从我的村庄驶过
想起那次我在高铁上对着地图
寻找我的村庄

然而只能悲伤地发现

一片陌生的世界

将来有一天我若躺在这里

我成长的田野

看见田野上的花和高铁

心里想:这是什么地方

故乡

我回不去的故乡

没有了父亲

没有了鞭炮

村里的老人慢慢消失

在附近的田野

杭州东站

坐上高铁

往北京去

望见四处的春意

整齐的高楼

井然的工地

这城市啊

越来越繁华

我不知道自己在哪里

红谷滩的蝉鸣

早上在酒店醒来

听见窗外的蝉鸣

在耳边

也在心里

想起老家和年少时光

那时候的蝉也这样鸣着

在北京

很少有这种感觉

陪着儿子

慢慢地度着时光

慢慢地成长

忘记了我曾经的年少

身体和灵魂还没有醒来

想起昨夜的欢聚

同学那瓶放了十年的酒

我们从学校分别已经十五年

这些年的风雨我们都在独自承受

那些风雨也让我们成熟

在各自的田地

同学很近

滕王阁很近

那个天才的少年很近

滕王阁很远

那个天才的少年很远

在红谷滩宾馆听到蝉鸣

似乎是第一次这么近

大街上已有行人

他们来去匆匆

哪个是我曾经的身影

家乡桃花开

家乡的桃花开了
在院墙外
不知道是谁家的
夕阳还在西边悬挂
和原来一样
我心里怅惘
和小时候站在老家房顶
看到的夕阳一样
太阳在的那个地方
我一辈子也到达不了
它在远方
还是在我心里某个地方

早上的露珠还好吗

我每次回到老家

都在宿醉后进入梦乡

等我醒来后

露珠早已消失在太阳的万丈光芒下

小时候我的雄心万丈

可惜因为小不敢出发

现在我似乎什么都不再害怕

然而更多时候

被小事羁绊

今天在夕阳照耀的

老家的公交车上

看周围熟悉而陌生的植物和人

想起了昨日的我

和曾经的梦想

不知何时才可以放下这羁绊

回到小时候的模样

桥南的玉米地

这是北京最贵的一块土地

周围是寸土寸金的高楼

这是一块农地

被三环路分割

南北相望

秋天早上的空气冷冷地流动着

枯黄的玉米伫立着

有几个农民

开着三轮车

车上装着满满的玉米

金黄的玉米

虽然别人的地没有自己的土地亲切

虽然这些收割了以后也不属于自己

但这些劳动却包含着

他们一家老小的吃饭、上学、就医

在别人的地上

熟悉的玉米

收获着自己一家的希望

风很冷

他们很热

秋天了

可以回归了吗

猫眼石

公元 2019
五一的风热烈而凉爽
北京东四环外
儿子在游乐场游玩
妻子在围栏外注视
困倦的我去楼下
碰见了这颗猫眼石
猫是女人
女人是猫
猫眼石是女老板的眼神吗
她来自安徽
然而一口轻柔的江南普通话
水乡的余韵随着樱桃小口响起

毛巾

早上起来

准备洗衣服

我喜欢坐在小凳子上洗

小凳子在卫生间外面

上面有擦脚的毛巾

我没有注意

老婆也没有看

她开始用来擦脸

儿子洗脚时

老婆发现用错了毛巾

换了回来

现在凳子上是我们三个人的擦脚毛巾

我把毛巾拿下来

放到洗手间最高的一个架子上去

看着洗脚的盆子
当年也是妈妈爸爸和我一起洗脚
热腾腾的水
三个人相互帮助拿东西洗脚
他们和自己的儿子曾经一起洗脚
现在却不能和儿子一起洗脚
只有母亲一个人自己洗脚

再过多少年
我和儿子是不是也要这样
他和孩子洗着他们的脚
我和爱人洗着自己的脚

南阳东站

早上七点半来到这里

晚上六点半离开这里

来与去

在相同的地点

我不知道于我有何种意义

我陪着谁

谁又陪着我

旁边是熟悉的人

操着相同的语言

旁边是陌生的人

相互不知姓名　不知各自去哪里

来时轻盈的脚步

离去时却沉重的身心

来时我的神态

当时很清楚

离开这里的时候

却全部忘记

当我踏上另一片土地时

也会忘记现在离开时的情形吗

也许

也许一切都不会忘记

只是有些情景更清晰

有些情景更模糊

它们已深深藏到了我们心里

怅惘

坐在飞驰的出租车上去赶高铁
第一趟列车后面还有其他的列车
怕赶不上
看着窗外雾气弥漫
能赶上吗
赶不上或许有一个意外收获
但我毕竟不是张继
我的失意产生不了《枫桥夜泊》

狮虎山游记

我属相是虎,昨天去狮虎山动物园,走到狮虎山的高处。看到一只虎卧在下面,太阳刚能照到的地方,如一片毛毯堆在那里。心里有几句话想对它说,它是不是也有些话想对世人说?

你卧在那里

如一片绒布

轻轻的

如水一样

和周围融在一起

失去了自己的性格和形状

这还是你吗

百兽之王

在家人面前

在孩子面前

你是那样温柔

但是我知道

你是和风在一起

虎从风嘛

为何收敛了自己的威武

蜷缩在世界的角落里

轻轻地睡着

我窝在这里

并没有睡着

在静静地思考自己

我还是不是自己

我现在被你们观赏

被你们像贵宾一样饲养

其实我的凶狠只是伪装

为了生活才变成的模样

白天我沉睡在太阳下

夜晚被月亮轻轻抚摸

风来的时候

听见周围树木疯狂地摇曳

我就会想起曾经的那些时光

偶尔也会起身

对着树木狂啸

看到钢筋混凝土背后

深林里的那些时光

弥勒夜雨

弥勒夜雨从梦里开始

淅淅沥沥到天明

天似乎不那么亮

早起的农人开着拖拉机轰轰隆隆

在小雨里

酒店回环曲折的走廊

四处皆是雨声

没有蛙鸣

我舞起太极

不管那来自四面八方的风雨

小楼一夜听春雨

明早杏花无处寻

江湖夜雨十年灯
只有初睡照壁的青灯

距我家几千里的南方
忽然想起数十年前的自己
五点就闻鸡起舞
迎着月光迎着风霜雨雪
从远处走来

Z111

从遥远的哈尔滨

到遥远的海口

这列火车

带着哈尔滨的冰冷

去到温暖的海口

日光从冰冷慢慢开始温暖

我从南昌西站上车

去到井冈山

躺在软卧的上铺

三个空着的卧铺和我躺着的卧铺

原来谁在上面躺着

他们从哪里上　又在哪里下去

我的这段行程

是这趟车行程的一部分

我是谁生命中的一部分

谁又是我生命中的一部分

让火车在轨道上

在阳光和空气中前行吧

我且睡去

睡在我知道的和我不知道的

谁的生命里

拔牙（其一）

拔了两颗牙

五年前拔掉

从十岁就开始坏的大牙

今天想拔掉智齿

身体发肤受之父母

要不要告诉母亲

二十几年前母亲镶了两颗牙

现在想想我似乎没有什么感受

只记得是我出的钱

想起去年儿子补一颗缺失的牙

看着他疼痛

我满眼泪花

算了

不告诉母亲了

因为儿子

我忽然长大

不告诉母亲

怕她也满眼泪花

拔牙(其二)

拔牙时候因为麻药
我感觉不到疼痛
但我知道拔牙的痛
厨房里那些葱
还有我小时候
从自家菜地里拔的萝卜白菜
它们痛吗
只是我当时不知道

身体发肤来自父母
它们也是我的兄弟吗
十岁开始让我疼痛的那颗牙
在四五年前离开了我

现在拔的是一颗智齿

它似乎无关紧要

但前几天有一部分自行脱离

剩余部分是不是像随时滑落的山石

想离开我

所以就拔掉吧

医生是和我一起长大的兄弟

他坐在身边　我只感到温暖

两颗牙都是他亲手拔掉的

坏的牙离开我

就像黄叶从树上脱落

这两颗牙不是我的兄弟

这两颗牙是我的兄弟

一颗静躺在身边的托盘上

随手可触

另一颗五年前离开

如今已不知去向

它们是我的两个兄弟

陪伴我

然后离去

不知现在静静沉睡何处

多年以后

是不是像它们今天离开我一样

我也要离去

静静回归某个角落深处

荒野与街道

清晨

我骑一辆自行车

去两公里外

去取昨天因坐车而放在商场门前的自行车

冬天到了

太阳不是很热烈

偶尔有点小风

路两边是各种建筑物和匆匆行人

忽然想起老家

要是我去两公里外

骑放在那里的自行车

两边是高大的白杨树

远处低矮的房屋
地里的麦苗该已经铺满了黄土地
偶尔有大车从柏油路上呼啸而过
都是两公里
这里和家乡有何不同
除了都市和乡村
还有何不同呢
家乡都是其他种类的植物
和它们的语言

除夕烟火

除夕慢慢来到
路上的人脚步匆匆
遥想我的兄弟姐妹
还有静静躺在菜地里的父亲
轻轻地跟我的父亲和先辈说几句话
那袅袅飘起的青烟是我的思念
然后送一盏灯
在父亲的坟前
在这个热闹的新旧交替的时光

好几年没能去上坟了
有时候想起来
有时候又忘记

也曾托老家的妹妹给父亲捎去问候

但不知道是否齐全

在看不到烟花的城市里

我不知道该如何

面对昨天的自己

告别

匆忙地拿了行李
锁上门那一瞬
想起遗失在洗脸池边的
剃须刀
想找服务员开门去取
忽然放弃了
忘了就忘了吧
我们要经常告别自己的曾经
就以这有形的旧物
向无形的昨天告别

弥勒之夜

夜已深

康先生的店才刚刚营业

我在这湖边

用一瓶不到一两的粮食酒

和一瓶百香果饮料

让自己沉醉在弥勒的夜

辣的肉串　辣的豆角　辣的辣椒

刺激我的嘴、大脑、胃

酒让它们沉醉

辣让它们清醒

路边的男男女女

匆匆行走在街灯的光亮里
影子跑到他们前面想早点回家
我旁边的男孩把外套脱了
裹住女孩
温暖似乎也传递给了我
旁边两桌女生
操着当地口音
讲着自己的故事

夜深了
我醉了
且归去吧
归去在宾馆寂寞的床上
伴着满壁青灯

龙门望春

在洛阳金凯悦大酒店,大厅东侧,上有一幅"龙门望春",下有一个鱼缸,几种颜色的金鱼游来游去,遂有诗意浮上心头。

有些鱼一跃

过了龙门就变成了龙

有些鱼

只在水里游来游去

那是一个古老的传说

还是每个时代都在发生

过龙门化为龙的鱼

可是这些

快乐地游来游去的鱼的祖先

从远古到现在

我们的祖先从树上跃下

有些生物的祖先不敢跃下

然后还在

树上、山上或者动物园里

故事都是故事

故事也都不是故事

千年的河水和风景依旧

我却知道我已不是昨日的我

送站

把老婆儿子送到
北京西站北广场二楼进站口
看他们背影渐渐消失在人群中
沿着二楼行车道开下去
行驶在二环路上
我感到了一个人的孤独
像那次我回家去接满月的儿子
临行那天晚上的我
一个人躺在大床上
突然感到莫名的孤独

我知道明天他们就回来了
但还是无法驱走彼时的孤独

这次相见他不会像

他一两岁那次

几个月就忘记了我

看见我时很陌生

忽然又想起了什么

就从妈妈的怀抱扑向了我

到家后拍着熟悉的小凳子

像见了久违的小伙伴

这次不会了

儿子已经长大

他会亲切地拉住我的手

替他妈妈提东西

他不知道

很多人都不知道

我已不是昨天的我

他也不是昨天的自己

这两天我们经历了

很多世间的仆仆风尘

一盒纸巾

杏胡里音乐酒吧

这一盒纸巾

和上次那盒一样

撕开后擦嘴时

鼻子就闻到

潮湿腐烂的气息

附近的中国美院

美女如云飘在校园

这些纸提醒我

所有美都会过去

变成别的物质　变成空气

飘荡在你我身边

如同在断桥相会的许仙一样

现在只漂浮在我们脑海里

足不出户的我们

签收着来自四面八方的物品

是我们和网店一起

让周围那些倍感亲切的店铺凋敝

湖水还未结冰

一任奔驰的高铁带我去向未知的地方

让我们可爱的思绪在空中飘浮一会儿

且享受着周围都是陌生人的自由吧

精神和身体的放松

是他们带给我的礼物

当我回到家　回到孩子的身旁

我就会不由自主地失去自己

美丽的错误

在火车上用手机拍窗外的风景,想留住的风景却错过了,手机拍到的风景不是我要的,前面的风景和我拍到的风景相互交错,有感而发。

快走的风景是一幅画

我看到的和表达的不一样

是我高估了你

还是你错解了我

这幅照片和我想表达的

如同错版的邮票

因为误会而美丽

珠江游船

十点了

夜深了

你还不睡

你是珠江的眼

载着那些兴趣盎然的游客

或者昏昏欲睡的游客

缓慢地游在深夜

在珠江的怀里

你为什么还不睡

是要陪那些晚睡的人吗

如我

看到你

我就知道珠江还是那么优雅美丽

在这十楼的异乡

我且拉上窗帘

慢慢睡去

放心地在你的身旁睡去

可能

梦里还会遇到你

青春

看张嘉佳《从你的全世界路过》
想起王朔的系列小说
想起冯唐的系列小说
想起苏童的系列小说
为什么想起来
因为那里记载着我们的年少轻狂

每天我都从谁的世界路过
每天谁都从我的世界路过
曾经的抑郁感伤
被呼啸的高铁碾碎
我只能在书本上
从你的故事经过

这迅猛的科技

让我可以从更多人的世界路过

妙湛寺塔

穿过深沉的夜色
穿过半个多世纪的时光
来到你的身旁
想您的沉寂无声
安抚我
拂去尘世喧嚣
穿过高高的金碧辉煌的山门
青石条道路的纹路透过鞋底
让我感知到多少年前的厚重历史
两边商铺灯火通明
惶惑了我的眼睛
是这里吗?
要寻找的安静

我来了

看见安静的您

三座塔是您三位一体的吗

互相独立又无法分离

肉体相望　精神在一起

经历半个多世纪的风雨

曾经的金碧辉煌

是俗世的人赋予您的外形

沉默没有色彩

坚硬挺拔才是真正的您

我默默地来

又默默地走回宾馆

辉煌的灯火

喧闹的人群

还有一段黑暗的路

一路走回去

忽然我明白了

所有的安静自在人心

辉煌都是别人望过去

看见您的外形

而我们才能看到自己的心

做我们自己

就是要守住内心

守住我们初遇时

许下的誓言

和出发前的初心

轮回

在西客站地下出口

怕睡着

怕错过下车的老婆和儿子

一圈一圈地快步走

很多趴在父母肩上的孩子

头发蓬乱

睡得香甜

他们睡着

我们要清醒

虽然夜深

一如当年

我们沉睡在父母的肩上

回到开始的地方

从老家的院子里

看到路边高高的白杨

在微雨轻风中

哗哗地响

绿色的叶片

是生命的乐章

我不知道这几棵白杨

是不是我上小学时

我上中学时

我上师范时

偶尔放出眼光

看到的那几棵

那声响是否还一样

他们还一样

而我早已改变了

身体和精神早已不是

旧日模样

我的村庄

土路变成坚硬的柏油路

油光发亮的柏油路

通向四面八方

车开始拥堵在

乡间和县城的路上

我回到了曾经出发和生长的地方

但已找不到旧日时光

只有站在这里

这似乎从未改变过

有着熟悉的人和事

有着熟悉的乡音的地方

极目远望

看见那些离去的亲人

在路的另一个方向

夜宿岳麓山

一处建造了很久的房屋
一个有故事的中年男前台
让我选择了这个小旅馆的二楼
看见屋外慢慢暗下来
听见来回走路的
湖南大学学生的欢笑
听见那些
小商贩的叫卖声

这狭小的空间让我想起
沈从文先生去北京租的小房子
从文先生的一生已经明白
而我的前途却还未知

从都城来到这里为了什么

大红的被子如结婚的床铺

顺着山坡往山里走

小雨如同过往的历史

流到我的身上

又渗进我的身体里

我的灵魂深处

岳麓书院在深山处

为层层绿意掩着

爱晚亭里有人

在演绎着各种爱情

橘子洲头的船

让波涛汹涌起来

天空云层

如淡墨山水画

英雄千里归来

还是要回到这两三平方米的房间

打开昏黄的灯　看几眼手机

然后关灯　看窗外的路灯斜射进来
听路上行人的脚步声和车的轰鸣
明天凌晨出发的时候
能听到鸟鸣
扫帚与地面摩擦
这才是我的最爱
也是这个世界上最纯洁的东西

苋菜

从二号院的菜市场上
从一个老乡的菜摊上
买了一把苋菜
老乡说这叫苋菜
他的老家叫玉米菜
老婆做凉面条
我的工作是
把苋菜叶子下面隐藏的小虫子找出来
扔到垃圾桶里

从塑料袋里把菜拿出来
熟悉的气味一下充满了我的鼻腔
诱惑着我的神经

这熟悉的气味

是我的捞面

是我的蒜汁

是我的老家

那一个个夏天

和爸爸妈妈一起

坐在堂屋里的小方桌边

品尝着美味

一把苋菜

是我故乡的所有味道

和儿子一起吃饭

中午了

想起早饭还没吃

单位楼上人太多

在家和单位之间

一条去公园的路上

一家有编钟图案的湖北菜馆

我坐下

准备点菜

准备开始自己的午餐

一个晶莹的白色盘子上

两块美味的西瓜

要是儿子在这儿

这肯定是他的菜

儿子吃饭了吗

儿子的幼儿园在我左手边

一两百米　两三堵墙

看看手机也是午饭的时间了

儿子也在吃饭吧

他在幼儿园的桌上

我在饭馆的桌上

一起举杯

儿子已经开始独立了

当他在妈妈的肚子里

当他在妈妈的怀抱里

妈妈就是他的方向

儿子长大了

慢慢开始

独立去想一些我们曾经想过

但已被平庸生活掩盖起来的问题

这一会儿

忽然觉得他是一个独立个体了

他在幼儿园的桌子旁

我在饭馆的桌子旁

我们身边都有那么多的人

那么喧闹的环境

儿子

我想着你

此刻

你也在想着我吗

还是要等到

等到躺到幼儿园的小床上

才突然想起妈妈和我

看儿子的画有感

是人是植物还是动物

是人是植物也是动物

我们都从遥远的深海走来

有的在陆地　有的在天空

还有的在海洋深处

我们走得太远

所以要回深海处

寻找过去的记忆

我们走得太远

所以要去太空寻找

我们的外星邻居

平凡的普通的我们

静下来看看

我们身边的动物植物

它们安静地毫不招摇地

存在这世界上

多么惬意

要多向它们学习吧

它们是我们进化路上的记忆

我们走得太远

忘记了过去

看看它们

我们才不会迷失自己

儿子去上学了

客厅桌子上摆着

他玩得杂乱无章的玩具

我的桌子上也一样杂乱无章

这杂乱无章显出儿子的可爱

历史从来都不是井井有条

杂乱无章中人人创造着历史

杂乱无章中显出历史的真意

白纸黑字记录的

只是书写者整理后的东西

是不是历史我们无法得知

所以我爱这杂乱无章

我爱这真意

希望我的孩子在杂乱无章中努力

不做只会读书的听话的孩子

无题

　　高铁上，透过车窗去拍外面的景物，看手机照片，却看见我的面容也在其中。

想拍暗夜下的长沙

反射的光影

把我也复刻到相片上

记录时间的我们

其实被时间一同记忆

村庄

高铁载着我

飞速地穿过我的村庄

但我已无法看清楚

哪里才是我的村庄

每年就几天回到那里

白天在酒桌上

在我的村庄之外昏天黑地

只在夜深人静时沉睡在

我睡了多年的床上

村庄啊　我已离开你太久

记不清你的影像

我只知道在村庄中

有母亲在盼儿子回归

并且牵挂着儿子的模样

律师

谁愿意阅读冗长无趣的卷宗

找到背后的故事

讲出来给有关的人听

那就是我

还有我的同类

龙门石窟的佛

不想和佛合影
他不是我们的背景
而只在我们心中
只愿面对这弱柳
面对山水做一回自己

门头沟永定河畔的柳

我看河边柳

柳却与河水低语

河水念着哪个美人的影

曾从水面小鸟一样掠过

美人在哪儿

又在思念谁

宝塔镇河妖

给人以平安的信号

河边的塔同时给远方的游子

以旧日时光的回忆和

即将安全到家的温暖

根

一棵大树

在另一个院子

枝繁叶茂

看不见根

只看见树干

粗粗的树干

一点点往上看

树枝慢慢变细

向四周蔓延

绿叶在风中轻轻地摇曳

每个小枝条

每片叶子快乐地笑着

它们四处舒展

近处的是兄弟姐妹

远处的也是同类

它们的背后

有无数小树枝

下面几根粗枝

再往后是一个树干

它们从同一个根

从大地深处吸取着营养

天宁寺游记

一只鸟落在寺门口的大树上

如同落在我的内心深处

在古寺门口

我的心沉静如古寺

想它从一千年以前走来

那些风　那些雨

塔代表一种信仰和精神

旁边那个更高的高炉

代表着一种物质

想一千年后

塔还在

高炉可能已经不在

我们该怎么
度过我们这一生

唯愿

大风吹走了雾霾

天空无云而蔚蓝

这是一个适宜散步的春天

是一个适宜孩子打闹奔跑

成年人自驾出游的春天

是人们解脱冬季束缚的季节

大街寂静

飞驰过的公交车只有三两乘客

小区里寂静

偶尔几个老人无声走过

躺在深夜的床上

寂静的夜

听见自己的呼吸和心跳

看见自己的思想

突然认识到自己是一个肉体的存在

默默祈愿

我的亲人朋友

我们的每位同胞

我们地球上的

每个作为人而存在的生物

平安每一天

我是风

风冷得要把人冻僵
老婆儿子先上了楼
我把车停到饭店后面
一溜小跑往楼上跑
出了电梯小跑着穿过走廊
站在装有密码锁的门前
似乎耗尽了力气
没有声音　也没有动作
我从对着走廊的厨房窗前跑过时
我站在门前时
儿子老婆能听到我的声音或者感受到我的气息
门开了
然而没有

我的右手冰冷近乎坚硬

手里提着公文包

我的左手温暖一些

挎着那件看起来大气的黑棉袄

呆立在门前

大概很久

于是用公文包撞击着门

一遍又一遍

似乎很久

也似乎瞬间

老婆的声音响起

谁啊

我说是我

门开了

老婆说

我以为是风呢

屋里暖和了

这句话却让我

变成一阵风

某个时候我从门前过去

他们打开门却看不见我

我像一阵风就过去了

我有时候似乎就是

不存在

武冈

去湖南一个陌生的城市
那里是我同学的家乡
我陌生
他熟悉
就如我熟悉的老家
是他陌生的地方一样
为了某些事情
我要去见一个
陌生而熟悉的姑娘
她从一个卷宗走来
在我的视线里出现
我联系好了同学的同学
他们似乎熟悉

我不知道我与同学的熟悉
能不能将我与姑娘的陌生
也转化为熟悉

为表叔而作

从柳叶河走来

清凉的水

河岸的柳枝

滋养了您善良的灵魂

从天空走向珞珈山

在樱花灿烂的校园

多少个苦读的黑夜

你的精神

香山脚下

用人格和学识付出

多少学生和同事的无语凝噎

是您三十年时光无言的记忆

再也听不到嘹亮的歌声

温暖的声音不再响起

在这郊外的村庄

在这青翠的春天的环抱里

风轻轻吹起

我们沉默低头

听见风、树木和土地在默念您的名字

在我们每个人心里

表叔

请停下您一路奔波的身体

还有那颗充满热情的心

表叔

今天

我们和这个世界一起想念您

一个河南人骑行在郑州的大道上

前面的案件没有完结
我们上午十点的庭审
就顺延到了下午
很高兴休息了半天
同时对法官表示敬意
法律本来就是个谨慎的事儿
他们的认真让我高兴

饺子馆挤满了人
我想起今天是冬至
似乎整个大街都飘着饺子的香味
饺子吃得太多
饭后就散散步吧

公园太远就骑骑车吧
前往公园的路两边都是
高大的梧桐树
梧桐在这个季节树叶斑驳
阳光从树顶穿越下来
让地面也如同梧桐叶一样斑驳
我是河南人
骑行在郑州的道路上
不知道我的父亲母亲
有没有来过这里
或者我的朋友也如我一样
这会儿在郑州的道路上
边走路　边晒太阳
河南人走在郑州的路上
突然觉得沉睡在母亲的怀抱里

一个人的泪

一个人

躺在阳光下

躺在沙发里

听着歌

看着画面

默默流泪

说不清为什么

可能也没有什么

这么多年的漂泊

身体和精神一直在路上

一个人孤独地漂泊

想起了少年时和父亲赶集

想起让自己心动的女孩

想起和朋友一起沉默地看着阳光

任时光悄悄流走

想起近十五年北京的漂泊

想起远在家乡的亲人

想起儿子在学校会不会忘了我

每个人的孤单

就是每个人的快乐

在开始工作的一天

一个人默默地流泪

过一会儿

洗一把脸就告别眼泪

一块钱

一块钱有多少种组合
一枚一块
两枚五角
一枚五角五枚一角
十枚一角
它们有多少版本
我不知道
多少种组合
我不知道

那天我在单位
接到你的短信
找不到一块的硬币

因为你要乘车来宣武门找我

记不得当时的心情

反正你在宣武门找到了我

我们一起回到你出发的地方

你发信息

我接收信息

都不知道哪儿去了

这个短信却一直在我心里

深深地埋着

一路向北

凌晨从郑州出发
在安阳办完事继续出发
下一站邯郸
我出生在那里
城市慢慢亮起来
风车缓缓起舞
空气中似乎弥漫着雾气
看到村庄　看不到行人
不是耕种的季节
大概都在屋里看电视吧
绿油油的麦子
一块一块
覆盖在大地上

树木无论大小都光秃秃的
从高高的铁路上看如同小草
离老家越来越远
距离新家越来越近
漂泊了几天
让我的心情急切驱赶着身体
一路向北

游戏

在旋转的转盘上

儿子在自由地旋转好久后

忽然抱住我

脸贴着我的肩膀

我的手紧紧抱着他

忽然觉得彼此是自己的唯一

我是那个我

他是那个他

愿今生永远